Le trésor
des pirates

L'auteur : Mary Pope Osborne a écrit plus de quarante livres pour la jeunesse récompensés par de nombreux prix. Elle vit à New York avec son mari, Will, et Bailey, un petit terrier à poils longs. Tous trois aiment retrouver le calme de la nature, dans leur chalet en Pennsylvanie.

L'illustrateur : Philippe Masson, né à Rennes en 1965, est issu d'une famille de marins bretons. Actuellement, il vit à Tours avec son amie et ses deux enfants, Lucas et Mona. Il réalise également les dessins de la série Le château magique aux Éditions Bayard Jeunesse.

À Andrew Kim Boyce.

Titre original : *Pirates Past Noon*
© Texte, 1994, Mary Pope Osborne.
Publié avec l'autorisation de Random House Children's Books,
un département de Random House, Inc., New York, New York, USA.
Tous droits réservés.
Reproduction même partielle interdite.
© 2005, Bayard Éditions Jeunesse
© 2002, Bayard Éditions Jeunesse pour la traduction française
et les illustrations.

Conception et réalisation de la maquette : Isabelle Southgate.
Colorisation de la couverture ; illustrations de l'arbre, de la cabane
et de l'échelle : Paul Siraudeau.

Loi n° 49 956 du 16 juillet 1949
sur les publications destinées à la jeunesse.
Dépôt légal : août 2005 – ISBN 13 : 978 2 7470 1837 1
Imprimé en Allemagne par Clausen & Bosse

La Cabane Magique

Le trésor des pirates

Mary Pope Osborne

Traduit et adapté de l'américain
par Marie-Hélène Delval

Illustré par Philippe Masson

QUINZIÈME ÉDITION

BAYARD JEUNESSE

Le mystère de la Cabane magique

Entre vite dans l'étrange cabane du bois de Belleville !

C'est une cabane magique avec des livres, beaucoup de livres...
Il suffit d'en ouvrir un, de prononcer un vœu et aussitôt te voilà propulsé dans les mondes d'autrefois.

Tu vas vivre des aventures

passionnantes !

Reste à découvrir

qui est le mystérieux propriétaire de la Cabane magique...

Dans chaque livre, tu trouveras un indice qui te mettra sur sa piste. Mais attention : lis bien les quatre livres dans l'ordre !
Petit conseil : va vite à la page 77 !

À toi de jouer ! Bon voyage !

Léa

Prénom : Léa

Âge : sept ans

Domicile : près du bois de Belleville

Caractère : espiègle et curieuse

Signes particuliers : ne manque jamais une occasion d'entraîner son frère Tom dans des aventures mouvementées, sans se soucier du danger.

Tom

Prénom : Tom

Âge : neuf ans

Domicile : près du bois de Belleville

Caractère : studieux et sérieux

Signes particuliers : aime beaucoup les livres, qui l'aident à se sortir de situations périlleuses.

Résumé des tomes précédents

★ ★ ★

Après avoir voyagé au temps des dinosaures et celui des chevaliers, Tom et Léa découvrent l'Égypte ancienne. Guidés par un chat noir, ils s'engouffrent dans une pyramide. Ils aident le fantôme de la reine Hutépi à retrouver le parchemin qui lui permettra de passer dans l'au-delà.

De retour dans la Cabane magique, ils repèrent un nouvel indice (après le médaillon et le marque-page) : un grand « M » gravé sur le sol...

1

Trop tard !

Derrière les carreaux de sa fenêtre, Tom regarde tomber la pluie.

Sa petite sœur Léa affirme :

– Ça va s'arrêter ! À la télé, ils ont annoncé qu'il pleuvrait seulement jusqu'à midi.

– Il est bientôt deux heures, grommelle Tom.

– Mais on avait dit qu'on irait à la cabane ! Je ne sais pas pourquoi, j'ai l'impression que M y sera, aujourd'hui !

Tom remonte ses lunettes sur son nez sans répondre. Il n'est pas absolument sûr de

vouloir rencontrer le mystérieux propriétaire de la Cabane magique.

– On y va, on y va ! chantonne Léa.

Celle-là, quand elle a une idée en tête !

Tom soupire :

– D'accord. Mets tes bottes et ton ciré.
J'emporte le médaillon et le marque-page,
j'ai promis de les rapporter.

Tom les fourre dans son petit sac à dos
sans oublier son carnet et un stylo.

Il note toujours les choses importantes, pour ne pas les oublier.

En bas des escaliers, Léa crie :

– Je suis prête !

Tom se dépêche de des-
cendre. Sa sœur est déjà
dehors. Il enfile son ciré et
ses bottes, jette son sac sur
son dos, et sort à son tour.

Le vent souffle en rafales.

Tête baissée, les enfants

foncent sous la pluie. Ils arrivent bientôt dans le bois de Belleville.

Les branches chargées d'eau s'agitent et leur envoient de grosses gouttes dans la figure. Ils sautent entre les flaques, sur le chemin détrempé. Enfin, les voilà au pied du chêne.

Au sommet, la cabane les attend, à moitié cachée derrière le feuillage. Elle paraît bien triste et bien solitaire, par cette sombre journée ! L'échelle de corde se balance dans le vent. Tom pense à tous ces livres, là-haut. Pourvu qu'ils ne soient pas mouillés !

– M n'est pas loin, murmure Léa. Je le sens !

Tom regarde autour de lui, un peu inquiet.
Mais il ne voit personne.

Léa commence à grimper, et Tom la suit.

Il fait froid et humide dans la cabane.
Heureusement, les livres sont secs. Léa se
dirige vers ceux qu'elle a empilés dans un
coin, la veille. Il y a le livre sur les dinosaures[1], celui sur les châteaux forts[2], et
celui sur les pyramides[3]. Chacun de ces
livres les a emportés dans un extraordinaire
voyage à travers le temps et l'espace !

– Et voilà le livre avec la photo du bois de
Belleville, dit Léa.

Celui-là, il est précieux ! Il a permis aux
enfants de retrouver leur maison après
chacune de leurs aventures !

Mais il reste deux questions importantes
à résoudre : Qui est le mystérieux M à
qui appartiennent la cabane et les livres ?
Le ptéranodon, le chevalier et le chat
connaissent-ils cette personne ?

12

1. Lire le tome 1, *La vallée des dinosaures*.
2. Lire le tome 2, *Le mystérieux chevalier*.

Tom soupire. Il sort de son sac le médaillon et le marque-page ; il les pose en évidence, à côté du grand M doré qu'ils ont découvert hier sur le bois du plancher.
Le vent souffle et envoie des paquets d'eau par la fenêtre.
– Elle n'est pas très confortable,  aujourd'hui, la cabane ! grogne Léa.
Tom approuve. Il est mouillé, et il a froid.
– Tiens ! s'exclame la petite fille en désignant un livre ouvert, dans un coin. Celui-là, c'est peut-être M qui l'a ouvert à cette page !
Elle ramasse le livre et regarde l'image :
– Ouais ! L'endroit a l'air super !

3. Lire le tome 3, *Le secret de la pyramide*.

Elle montre l'image à Tom. On y voit une plage ensoleillée, et un magnifique bateau, voiles déployées, naviguant sur une mer très bleue. Au premier plan, un perroquet vert est perché sur une palme.

Une rafale secoue la cabane, et la pluie tambourine plus fort sur le toit. Quel sale temps !

Léa pose son doigt sur l'image et s'exclame :

– Que j'aimerais être sur cette plage, au soleil !

– Moi aussi, renchérit Tom, mais où est-elle, ta plage ?

Au même instant, le vent hurle. Les feuilles frémissent. La cabane se met à tourner.

– Oh non ! gémit Tom. Pourquoi tu as dit ça, Léa ? On ne sait même pas où la cabane nous emporte !

La cabane tourne plus vite, encore plus vite, de plus en plus vite. Elle tourbillonne comme une toupie folle.

Tom et Léa se cramponnent l'un à l'autre en fermant les yeux.

Puis tout s'arrête, tout se calme.

Tom ouvre les yeux. Il murmure :

– On n'aurait pas dû...

– Trrrrop tarrrrrd ! lance une voix rauque.

Tom et Léa tournent la tête. C'est le perroquet, le perroquet de l'image ! Il est là, devant la fenêtre, perché sur une large palme verte.

– Un perroquet qui parle ! s'écrie Léa. Comment tu t'appelles, toi ?

– Trrrrrop tarrrrrrd ! répète l'oiseau vert.

– Tu n'as pas de nom ?

Le perroquet la fixe de son œil rond.

– Bon, décide la petite fille. On va dire que tu t'appelles Jacquot. Tu veux bien, Jacquot ?

– Trrrrrop tarrrrrd ! répond Jacquot.

2

Un drapeau noir

Un chaud soleil entre par la fenêtre de la cabane. On entend le bruit des vagues.

Tom et Léa se penchent au-dehors. La cabane est perchée en haut d'un palmier. Au loin, la mer est d'un bleu profond. Un beau vaisseau vogue majestueusement à l'horizon. Il ressemble exactement à celui du livre.

– Trrrrrop tarrrrrd ! croasse encore Jacquot en s'envolant.

Il décrit plusieurs cercles au-dessus du palmier, puis il plonge vers l'océan.

– Viens, Tom ! s'écrie Léa. On le suit ! On va dans l'eau !

Elle ôte son ciré et le lance dans un coin.

– Une minute, dit Tom. Jetons d'abord un coup d'œil sur le livre. On ne sait même pas où on est !

– Tu le liras sur la plage, ton livre, rouspète Léa.

Sans même regarder le titre de la couverture, elle prend l'ouvrage des mains de son frère et le fourre dans le sac à dos.

Tom doit reconnaître que cette eau bleue est bien attirante.

– D'accord, soupire-t-il, on y va !

Il enlève son ciré, lui aussi, le plie soigneusement et le pose près du tas de livres.

– Dépêche-toi ! le houspille sa sœur en lui tendant son sac à dos.

Ils descendent par l'échelle de corde.

À peine arrivée sur le sable, Léa se met à courir vers la mer. Tom lui crie :

– Tes bottes !

– Elles sècheront tout à l'heure !

Tom s'approche. Il pose son sac sur le sable. Il enlève ses bottes et ses chaussettes. Il roule le bas de ses jeans. Il avance un peu et laisse les vagues lui mouiller les pieds.

L'eau est tiède, et si claire que Tom voit des coquillages et des petits poissons qui filent entre ses jambes. Les mains en visière pour se protéger du soleil, il regarde le voilier avancer vers la côte.

– Où est Jacquot ? demande Léa.

Tom lève la tête et cherche autour de lui. Aucune trace du perroquet.

Le voilier n'est plus très loin, maintenant. Tom plisse les yeux. Il distingue un drapeau flottant en haut du grand mât. C'est un drapeau noir. Un crâne et deux os croisés sont dessinés dessus.

– Oh non ! souffle Tom en reculant d'un pas.

Un frisson lui passe le long du dos.

– Léa, lance-t-il, reviens vite !

– Qu'est-ce qui se passe ?

Tom ne répond pas. Il sort le livre de son sac à dos.

Agenouillé sur le sable, il contemple la couverture d'un air consterné. Léa l'a rejoint et se penche derrière lui.

– Aïe, aïe, aïe ! lâche-t-elle, en lisant le titre par-dessus son épaule :

Les Pirates des Caraïbes

Trois hommes dans une barque

Léa fait la brave. Elle glousse :

– Des pirates ? Comme dans *Peter Pan* ? On va peut-être rencontrer le capitaine Crochet ?

– Sauf qu'on n'est pas dans un dessin animé, grommelle Tom.

Il cherche la page où l'on voit le bateau sur la mer et le perroquet perché dans le palmier. Il lit :

Les pirates attaquaient les vaisseaux espagnols qui transportaient de l'or dans la mer des Caraïbes.

– Je vais noter ça !

Il prend son carnet et son stylo, et il écrit :

Des pirates
dans les Caraïbes

Il tourne les pages du livre et découvre une image représentant un drapeau pirate. Il lit :

Le drapeau à tête de mort sur deux tibias croisés était appelé « le Pavillon Noir ».

– Si on rentrait à la maison ? propose Léa, d'une petite voix.

– Une minute, dit Tom. Je vais dessiner le drapeau dans mon carnet.

Sa sœur hausse les épaules :

– Prends au moins le vrai pour modèle, au lieu de recopier le dessin du livre !

Mais Tom remonte ses lunettes sur son nez et commence à griffonner.

– Tom, l'avertit Léa, des pirates sont en train de quitter le bateau ! Ils descendent dans une barque !

Le garçon continue de dessiner.

– Tom, les pirates rament droit sur nous !

– Quoi ?

– Regarde !

Tom lève la tête. Il voit la barque se diriger vers le rivage. Il murmure :

– On ferait mieux de retourner à la cabane !

– Courons ! s'exclame Léa en partant à fond de train.

Tom saute sur ses pieds. Ses lunettes tombent dans le sable. Allons bon, où sont-elles ? Il s'accroupit, tâtonne autour de lui. Là ! voilà leur monture qui brille ! Tom ramasse ses lunettes, les remet sur son nez.

– Dépêche-toi ! crie Léa.

Il jette dans son sac son carnet et son stylo. Il met le sac sur son dos. Il attrape ses bottes et ses chaussettes. Et il s'élance.

– Vite, Tom ! Ils arrivent !

Léa est en haut de l'échelle. Tom se
retourne. La barque des pirates n'est
plus qu'à quelques mètres
du rivage. Soudain, Tom
aperçoit le livre. Dans son
affolement, il l'a oublié
là-bas, sur le sable !

– Oh non !

Il laisse tomber ses bottes et ses chaussettes au pied du palmier, et il repart à
toutes jambes.

– Tom ! crie Léa. Mais qu'est-ce que tu
fabriques ?

– Je vais chercher le livre !

– Tu es complètement fou ! Reviens !

Tom est déjà au bord de l'eau. Il attrape le
livre.

– Reviens ! s'égosille Léa.

Tom fourre le livre dans son sac à dos. Au
même moment, une grosse vague porte la
barque en avant.

– Cours, Tom !

Les trois pirates sautent de la barque dans
un grand bruit d'éclaboussures.

Ils ont des couteaux entre les dents, des
pistolets à la ceinture. Ils foncent sur Tom
comme des vautours sur un poulet.

– Cours ! Mais cours ! s'affole Léa.

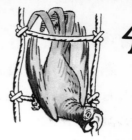

De l'or !

Tom n'a jamais couru aussi vite de sa vie !
Mais les pirates sont plus rapides que lui.
En trois enjambées, le plus grand d'entre
eux l'a rattrapé.

Tom a beau se débattre, le pirate lui em-
prisonne le bras dans son énorme main. Il
rit, d'un mauvais rire. Sa barbe noire est
en broussaille, l'un de ses yeux est couvert
d'un bandeau noir.

Il a vraiment une sale tête !

Tom entend sa sœur hurler. À quoi elle
joue, cette folle ? Oh non ! Elle redescend

par l'échelle ! Il lui crie :

– Léa ! Reste où tu es !

Mais Léa n'écoute pas. Elle fonce sur le pirate en serrant les poings :

– Lâchez mon frère, espèce de gros lard !

Les deux autres pirates regardent la scène en riant.

– Lâchez-le ! répète Léa.

Elle bourre le grand pirate de coups de pied et de coups de poing. Celui-ci se contente de grommeler. Il attrape la petite fille. Il soulève les deux enfants comme s'ils n'étaient pas plus lourds que des chatons.

– Personne n'échappe au Capitaine Bones ! rugit-il.

– Lâchez-nous ! couine Léa.

Le pirate la regarde avec une grimace qui découvre ses vilaines dents noires. Puis il ordonne à ses matelots :

– Allez voir un peu ce qu'il y a dans cette cabane, vous deux !

– Ouais, Cap'taine ! Tout de suite, Cap'taine ! Ils partent au trot, grimpent à l'échelle comme des singes, et disparaissent dans la cabane.

– Alors ? beugle le capitaine Bones. Vous trouvez quelque chose ?

L'un des pirates passe la tête par la fenêtre :

– Des livres, Cap'taine !

– Argh ! Des livres !

Le pirate crache de dégoût, puis il beugle de nouveau :

– De l'or, bande de chiens ! Je veux de l'or !

– Les chiens sont plus gentils que vous ! rouspète Léa.

– Tais-toi ! souffle Tom.

L'autre matelot passe la tête à son tour :

– Y a rien que des livres, Cap'taine !

Soudain, Bones avise le sac à dos de Tom :

– Qu'est-ce que tu caches là-dedans, petit morveux ?

– Rien... rien ! balbutie Tom. Juste mon carnet, mon stylo, et un livre.

– Argh ! Qu'on ne me parle plus de livres !

À cet instant, l'un des matelots crie :

– Cap'taine ! Regardez ce que j'ai trouvé !

Penché à la fenêtre de la cabane, il tient un objet qui scintille dans le soleil.

Le médaillon ! « Oh non ! » pense Tom.

– Vous n'avez pas le droit ! crie Léa. Ce n'est pas à vous !

– Envoie ! ordonne le pirate. Il lâche les enfants et tend les mains pour attraper le médaillon.

– De l'or, de l'or, de l'or ! braille-t-il. Il renverse la tête en arrière, et il éclate d'un rire tonitruant. Sortant deux pistolets de sa ceinture, il tire en l'air pour célébrer sa trouvaille tandis que ses deux matelots poussent des ululements de sauvages.

Le trésor du capitaine Kidd

Tom et Léa ouvrent de grands yeux. Les pirates sont devenus fous !

Lentement, prudemment, les deux enfants reculent, ils s'approchent de l'échelle.

– Halte ! rugit soudain le capitaine en braquant sur eux ses pistolets. Plus un geste, petits vauriens !

Tom et Léa se figent.

Le pirate leur adresse un affreux sourire :

– Maintenant, vous allez avouer gentiment au brave capitaine Bones où vous avez caché le reste ! Sinon...

– Le... le reste ? bredouille Léa. Quel reste ?

– Le reste du trésor ! beugle le capitaine. Je sais qu'il est sur cette île ! J'ai une carte, figurez-vous !

Il sort de sa ceinture un rouleau de papier à moitié déchiré et le brandit d'un air triomphant.

– C'est la carte d'une île au trésor ? s'enquiert Tom, brusquement intéressé.

– Ouais ! C'est la carte qui indique où se trouve le trésor du grand capitaine Kidd !

– En ce cas, déclare Tom, c'est facile : vous n'avez qu'à lire la carte !

– Toi, tu vas la lire ! gronde le capitaine en agitant le papier sous le nez de Tom.

En bas de l'image représentant l'île, Tom voit une ligne écrite en curieux caractères d'autrefois. Il demande :

– Qu'est-ce que ça veut dire, cette phrase ?

– Quelle phrase ?

– Ces mots, là !

La baleine a un œil d'or.

Le capitaine regarde la carte en fronçant ses gros sourcils :

– Eh bien, ça veut dire..., euh...

Il plisse les yeux, il se frotte le nez, il tousse.

– Laissez tomber, Cap'taine ! ricane le premier matelot.

– Vous ne savez pas lire, Cap'taine ! raille le second matelot.

– Silence ! rugit le capitaine.

– Tom et moi, on sait lire ! déclare Léa.

– Tais-toi, idiote, lui lance Tom.

– On a de la chance, Cap'taine ! rigole le premier matelot. Les mômes vont nous la lire, votre carte !

Le capitaine Bones lui jette un regard noir. Mais il tend la carte aux enfants en aboyant :

– Lisez !

– Si on lit, vous nous laisserez partir ? demande Tom.

Le pirate cligne de son unique œil :

– Juré, gamin ! Tu me trouves le trésor, et tu es libre !

– Marché conclu, dit Tom. Je vais vous lire ce qui est écrit sur la carte.

Il se penche et déchiffre :

La baleine a un œil d'or.

– Hein ? fait le capitaine. Qu'est-ce que c'est que ce charabia ?

Tom hausse les épaules :

– Je ne sais pas, moi !

– Bien sûr que si, tu le sais ! beugle le pirate.
Il se tourne vers ses hommes et ordonne :
– Qu'on emmène ces deux moucherons
au bateau ! Qu'on les suspende à la vergue
jusqu'à ce qu'ils parlent !
Les matelots attrapent les enfants et les
jettent dans la barque comme des sacs
de linge sale.

– C'est quoi, la vergue ? demande Léa tout bas.

– C'est un truc sur le mât où on accroche la voile, répond Tom tout aussi bas.

Les vagues s'écrasent contre la coque de la petite embarcation. Le ciel s'est assombri, et le vent s'est levé. On dirait qu'une tempête se prépare.

– Ramez, chiens ! ordonne le capitaine à ses matelots.

Ils obéissent, et la barque vogue vers le grand navire.

– Tom, regarde ! murmure soudain Léa, en désignant le rivage qui s'éloigne.

Là-bas, le perroquet vert survole la plage. Il s'élance vers la mer.

Léa chuchote à l'oreille de son frère :

– Je crois qu'il veut nous aider !

Mais le vent est trop fort. Le perroquet abandonne et retourne vers l'île.

L'œil de la baleine

La barque est ballottée par les vagues. Des paquets d'eau salée s'abattent à l'intérieur. Tom a le mal de mer.

– Ramez, chiens ! hurle le capitaine à ses matelots. Ramez si vous ne voulez pas servir de déjeuner à ces gentilles petites bêtes !

Il désigne la surface des flots, d'où émergent des ailerons noirs. Des requins !

L'un d'eux nage si près de la barque que Tom pourrait le toucher en tendant la main. Un frisson glacé lui passe dans le dos. Il s'accroche de toutes ses forces. Ce n'est vrai-

ment pas le moment de tomber à la mer !
Enfin, la barque se range le long de la
coque du grand navire. Tom lève les
yeux. Du pont lui parviennent des airs
de cornemuse, des chants
grossiers et des rires.

– Hissez-moi ces deux loustics à bord ! crie le capitaine à ses hommes.

Tom et Léa sont jetés sans ménagement sur le pont. Le navire tangue, les mâts craquent. Les cordages claquent dans le vent. Les pirates sont sales et vêtus de loques. Ils chantent, ils boivent. Certains se bagarrent à coups de poing.

– Enfermez les gosses dans ma cabine, ordonne le capitaine.

Deux pirates à mine patibulaire se saisissent des enfants et les poussent dans une chambre sombre. Ils referment la porte et tirent le verrou.

La cabine est humide et malodorante. Un vague rayon de lumière passe par un hublot.

– Il faut absolument trouver un moyen de retourner sur l'île ! soupire Tom.

– Tu as raison ! approuve Léa. Alors, on grimpera dans la cabane, et on reviendra à la maison !

– C'est ça, soupire encore Tom.

Il se sent terriblement fatigué, tout à coup. Fatigué et découragé. Comment vont-ils se sortir de là ?

– On devrait jeter un œil sur le livre, décide-t-il. On trouvera peut-être quelque chose...

Il fouille dans son sac et en tire le livre. Il le feuillette. Il tombe sur une gravure représentant des pirates en train d'enterrer un coffre. Sous la gravure, le texte dit :

Le capitaine Kidd fut un pirate célèbre. On raconte qu'il enterra un coffre rempli d'or et de bijoux sur une île déserte.

– Le capitaine Kidd ! s'écrie Tom. Il a donc bien existé !

Léa regarde par la fenêtre à petits carreaux. L'île est si loin !

– Donc, dit-elle, le trésor du capitaine Kidd est quelque part sur cette île !

Tom ouvre son carnet et il écrit :

Le capitaine Kidd
a enterré un trésor.

– Hé, Tom ! appelle Léa.
– Une minute, je réfléchis.
– Tu sais ce que je vois ?
– Quoi ? fait Tom, distraitement.
– Une baleine !
– Super !
Brusquement, Tom se redresse :
– Hein ? Une baleine ?
– Oui, une baleine. Une énorme baleine !
Aussi grande qu'un terrain de football !
Tom saute sur ses pieds et rejoint sa sœur
devant la fenêtre :
– Où ça ?
– Là-bas !
Tout ce qu'il voit, c'est une mer démontée ;
l'île, au loin ; et des nageoires de requins.

– Mais où ?

– Là-bas, je te dis ! L'île ! Elle a la forme d'une baleine !

Léa a raison. Voilà le dos, la queue. Et, devant, la tête. Le palmier où est perchée la cabane magique ressemble au jet d'eau craché par une baleine.

– Et son œil, dit Léa, tu le vois ?

Oui, Tom le voit. C'est un gros rocher noir et rond. *La baleine a un œil d'or.* Bien sûr, c'est ça ! Le trésor est caché sous le rocher noir !

7

Dans la tempête

– Bon, décide Tom. Voilà ce qu'on va faire. On va dire au capitaine qu'on peut lui montrer où se trouve le trésor, s'il nous ramène sur l'île. Et pendant que les pirates creuseront, on filera en douce et on grimpera dans la cabane !

– On est sauvés.

Tom tambourine contre la porte en criant :

– Capitaine Bones ! Ouvrez-nous !

Derrière la porte, des pirates reprennent son appel :

– Cap'taine ! Cap'taine !

– Quoi ? rugit la terrible voix du pirate.
Le verrou cliquette. La porte s'ouvre, et la face barbue du capitaine apparaît. Son œil unique fixe Tom d'un air mauvais :

– Qu'est-ce qu'il y a, moussaillon ?

– On veut vous parler, Capitaine ! On sait où est caché le trésor du capitaine Kidd !

– Ah oui ? Où ça ?

– On ne peut pas vous le dire, intervient Léa. Il faut qu'on vous le montre !

Le pirate les regarde l'un après l'autre, soupçonneux.

– Il vous faut une corde, dit Tom.

– Et des pelles ! ajoute Léa.

Le capitaine grommelle quelque chose dans sa barbe. Puis il aboie :

– Apportez une corde et des pelles !

– Ouais, Cap'taine !

– Et jetez ces deux loustics dans la barque ! On retourne sur l'île !

– Ouais, Cap'taine !

Le ciel s'est chargé de lourds nuages noirs, et le vent souffle avec violence. D'énormes vagues font tanguer la barque.

– On va avoir un coup de chien ! dit l'un des matelots.

– Pour sûr ! dit l'autre.

Le capitaine Bones se met à hurler :

– C'est vous, les chiens ! Et les coups, vous les prendrez si vous ne me trouvez pas d'or ! Ramez !

Enfin, la barque accoste. Les pirates sautent sur le rivage.

Le capitaine empoigne Tom et Léa et gronde :

– Allons-y, moussaillons ! Montrez-moi la cachette du trésor !

Léa désigne du doigt le gros rocher noir, à la pointe de l'île :

– Il est là !

– Sous le rocher ! ajoute Tom.

Le pirate traîne les deux enfants jusque-là.
Puis il lance à ses matelots :

– Au boulot, chiens ! Bougez-moi ce
rocher !

– Vous n'allez pas les aider ?
s'étonne Léa.

– Hein ? Moi ?

Tom a la bouche sèche, soudain. Si le capitaine garde ses énormes mains refermées sur leurs bras, impossible de lui échapper ! Il suggère :

– À trois, vous iriez plus vite !

Un affreux sourire découvre de nouveau les vilaines dents noires du pirate :

– Tu voudrais que je vous lâche, hein, petite crapule ! Pas question ! Pas avant d'avoir le trésor à mes pieds !

8

Le coffre au trésor

Le vent hurle, le ciel est noir.

Les deux matelots nouent la corde autour du rocher et se mettent à tirer.

Ils tirent, ils tirent. Rien ne bouge.

– Plus fort, bande de mauviettes ! rugit le capitaine.

– Je crois qu'ils ont besoin d'aide, insiste Tom.

– Ces chiens ne se donnent pas assez de mal, c'est tout !

– Vous n'êtes pas très gentil avec vos hommes, je trouve ! déclare Léa.

– Hein ? Pas gentil,
moi ? Le capitaine
Bones n'est pas gentil ?

Le terrible rire du pirate se
mêle aux hurlements du vent. Au
même moment, l'un des matelots s'écrie :

– On y est, Cap'taine !

Le gros rocher vient de rouler sur le sable.

– Maintenant, déclare Tom, vous devez
creuser ! Tous !

– Creusez, chiens, beugle le capitaine sans
lâcher les enfants.

Les matelots obéissent. Autour d'eux, le
vent souffle maintenant en tempête, sou-
levant des tourbillons de sable.

– Aïe ! crie l'un des matelots, j'ai du sable
dans les yeux !

– Ouille ! gémit l'autre, moi, j'ai mal au dos !

– Creusez !

Agrippant d'une seule main Tom et Léa,
le capitaine tire de sa poche le médaillon

et le jette dans le trou :

– Creusez, et trouvez-moi de l'or comme ça ! Beaucoup d'or !

– Parrrrrrtez ! lance une voix rauque au-dessus de leur tête.

Jacquot est de retour !

– Parrrrrrtez ! répète le perroquet, en décrivant de grands cercles.

Ses plumes vertes luisent sur le ciel noir. Il bat des ailes pour lutter contre le vent.

Les deux matelots l'observent du coin de l'œil, inquiets :

– Cet oiseau, c'est un mauvais présage, Cap'taine !

– La tempête fond sur nous, Cap'taine !

– Creusez, chiens ! Trouvez-moi de l'or ! hurle le capitaine Bones.

– Parrrrrrtez ! croasse le perroquet.

– Il va nous arriver malheur, Cap'taine ! gémit le premier matelot.

– On ferait mieux de retourner au bateau ! crie le second.

Les deux pirates abandonnent leurs pelles, et ils courent à toutes jambes vers la barque.

– Revenez, traîtres ! Bande de lâches ! beugle le capitaine, furibond.

Entraînant Tom et Léa avec lui, il se lance à la poursuite des fuyards. Mais ceux-ci ont déjà traversé la plage. Ils poussent la barque à l'eau.

– Arrêtez !

Les deux hommes sautent dans la barque et se mettent à ramer.

– Attendez-moi !

Le capitaine Bones lâche les enfants. Il patauge dans l'eau.

– Attendez-moi, chiens !

Il réussit à saisir le rebord de la barque et se hisse dedans. Les trois pirates s'éloignent et disparaissent dans leur embarcation ballottée par les vagues.

– Parrrrrtez ! ordonne de nouveau l'oiseau.

– C'est à nous qu'il parle ! comprend alors Léa.

La tempête se déchaîne sur l'île. Le vent souffle en rafales, la pluie tombe à verse.

– Filons ! crie la petite fille. Retournons à la cabane !

– Attends, proteste Tom. On ne peut pas partir sans le médaillon !

Il court jusqu'au trou creusé par les pirates. Le médaillon est là, luisant dans l'obscurité.

D'énormes gouttes de pluie s'écrasent dans le fond du trou, y creusent des rigoles. Tom distingue sous le sable un morceau de bois. La pluie entraîne le sable et dégage peu à peu quelque chose qui res- semble à... Un coffre ! C'est le couvercle d'un coffre !

Tom se penche, les yeux écarquillés.
Serait-ce le trésor du capitaine Kidd ?

– Dépêche-toi, Tom ! le presse Léa, déjà
arrivée à mi-chemin du palmier où pend
l'échelle de corde.

– J'ai trouvé ! annonce Tom. J'ai trouvé
le coffre au trésor !

– Laisse le coffre tranquille, Tom ! Il
faut qu'on parte ! La tempête
se déchaîne !

Tom n'arrive pas à détacher
son regard du couvercle de
bois. Qu'y a-t-il dessous ?
De l'or ? Des bijoux ?
Des pierres précieuses ?

– Tu viens, Tom ?

Léa a grimpé dans la
cabane. Elle appelle son
frère par la fenêtre.

Mais Tom ne se décide
pas à partir. Il enlève du

couvercle les dernières traces de sable
mouillé.

– Tom ! s'effraie Léa. La tempête secoue
le palmier ! La cabane va tomber ! Laisse
ce coffre ! On n'a pas besoin de trésor !

– Parrrrrrtez ! lance Jacquot.

Tom lève les yeux.

Le perroquet est perché sur un rocher. Il fixe le garçon de ses petits yeux brillants. Et Tom a l'impression que ce n'est pas un oiseau, mais quelqu'un qui le regarde.

Il soupire, passe une dernière fois la main sur le couvercle du coffre au trésor. Il prend le médaillon. Puis il sort du trou et galope vers le palmier.

Ses bottes et ses chaussettes sont toujours au pied de l'échelle. Il les ramasse au passage et les fourre dans son sac à dos.

L'échelle de corde s'agite furieusement dans le vent. Tom l'attrape et commence à grimper.

Il est secoué, balancé, mais il tient bon. Enfin, il s'affale sur le plancher de la cabane.

– Partons vite ! lâche-t-il, à bout de souffle.

Léa tient déjà le livre ouvert à la bonne page. Elle pose le doigt sur l'image du bois de Belleville et prononce la phrase magique :

– Nous souhaitons revenir à la maison ! Tout de suite !

La tempête rugit encore plus fort. La cabane se met à tourner, vite, plus vite, de plus en plus vite.

Puis le tourbillon s'arrête.

9

Le M
mystérieux

Plic, ploc.

Tom ouvre les yeux. Ce petit bruit, ce sont des gouttes qui tombent des feuilles mouillées. Tom et Léa sont de retour. La pluie a presque cessé, le vent n'est plus qu'une brise légère, l'air est frais.

– Ouf ! souffle Tom. Il était moins une !

Il tient toujours le médaillon serré dans sa main.

– On n'a pas dit au revoir à Jacquot ! regrette Léa. J'aurais bien aimé le ramener à la maison !

– Les créatures magiques ne peuvent pas nous suivre dans notre monde, affirme Tom. Il ôte son sac à dos trempé. Il en sort le livre sur les pirates et va le poser en haut de la pile, sur celui des dinosaures. En dessous, il y a celui sur les chevaliers et celui sur les pyramides.

Tom regarde les autres livres, par terre. Il se demande s'il a envie de faire un autre voyage dans le temps...

Tout à coup, il aperçoit quelque chose de blanc, sur un gros volume recouvert de vieux cuir. Il s'approche. C'est un mouchoir. Tom le ramasse, le cœur battant. Il le déplie, et... Oui ! Dans un coin du mouchoir, un M est brodé !

– Léa ! Regarde ce que j'ai trouvé !

– C'est un mouchoir de dame, ça ! s'écrie Léa, tout excitée. Alors, M est sûrement une dame ! Quel dommage qu'on ne l'ait pas rencontrée !

– Une autre fois, peut-être, murmure Tom.
Il va poser le médaillon à côté du marque-
page, près du grand M dessiné sur le plancher. Il passe doucement son doigt sur la
belle lettre dorée. Il dit :

– Je vais laisser le mouchoir ici, pour que la dame le retrouve quand elle viendra dans sa cabane.

Il le plie soigneusement de façon que la lettre brodée soit sur le dessus, et le dépose près du médaillon.

À cet instant, une voix rauque lance :

– Bonjourrrrrrr !

– Jacquot ! s'écrie Léa.

Le perroquet entre par la fenêtre. Il se perche sur la pile de livres. Il fixe Tom de ses petits yeux ronds.

– Que... Qu'est-ce que... Comment es-tu arrivé là ? bégaie le garçon.

Le perroquet ouvre lentement ses ailes. Elles s'allongent, s'étendent, se déploient, et, dans un tourbillon de couleurs et de lumière, une nouvelle silhouette se dessine.

Ce n'est plus un oiseau, c'est une femme. Une très belle vieille femme, avec de longs

cheveux blancs. Elle porte une large cape de plumes vertes et scintillantes. Elle est assise sur la pile de livres, immobile.

Les deux enfants sont si stupéfaits qu'ils restent muets.

– Bonjour, Tom. Bonjour, Léa, dit la vieille femme. Mon nom est Morgane. Je suis Morgane, la fée.

10

Comme de l'or

Léa ouvre des yeux émerveillés. Elle souffle :

– M, comme Morgane !

– Exactement, dit la fée. M est la première lettre de mon nom.

Tom balbutie :

– Et d'où... d'où..., vous... vous..., d'où venez-vous ?

– As-tu entendu parler du roi Arthur ? demande Morgane.

Tom fait signe que oui.

– Eh bien, je suis la sœur du roi Arthur.

– Vous venez du château de Camelot ! s'en-
flamme Tom, retrouvant enfin ses esprits.
J'ai lu beaucoup de choses sur le roi Arthur et les chevaliers de la Table Ronde !

– Et qu'as-tu appris sur moi ?

– Que vous êtes... euh, une sorcière.

Morgane sourit :

– Il ne faut pas croire tout ce que tu lis, Tom.

– Mais vous êtes bien une magicienne ?
s'assure Léa.

– Disons plutôt une enchanteresse. Mais
je suis aussi bibliothécaire. Quelle chance
vous avez d'être nés à une époque où il y
a tant et tant de livres ! C'est pourquoi je
suis venue dans votre siècle : pour réunir
une collection.

– Pour la bibliothèque du château de
Camelot ? demande Tom.

– Exactement. Grâce à ma cabane magique,
je voyage de pays en pays et de siècle en
siècle.

– Et vous avez trouvé des livres intéressants, chez nous ?

– Oh oui ! Des livres merveilleux ! Nos copistes les recopieront.

– C'est vous qui avez mis des signets ? demande encore Tom.

– C'est moi. Ils marquent les pages représentant des lieux que je désire visiter.

Tom ramasse alors le médaillon et le tend à la fée :

– Tenez ! Vous avez laissé tomber ceci au temps des dinosaures.

– Oh, merci ! Je me demandais où je l'avais perdu ! Je suis tellement étourdie !

– Ça, c'est vrai, remarque Léa. Vous aviez aussi oublié votre mouchoir dans la cabane !

– Vraiment ? dit Morgane, malicieuse.

« Je parie qu'elle l'a fait exprès ! pense Tom. Pour nous laisser un indice ! »

Léa pose une question qui la turlupine :

– Alors, n'importe qui peut voyager avec la cabane ? Il suffit de prononcer un vœu ?

– Bien sûr que non ! s'écrie Morgane. Vous êtes les seuls ! Avant vous, personne n'avait découvert la cabane !

– Elle est invisible ? demande Léa.

– C'est ce que je pensais. Et puis vous êtes venus. Et vous êtes entrés dans le monde magique.

– Mais... comment cela est-il possible ? s'étonne Tom.

Morgane réfléchit. Puis elle déclare :

– Pour deux raisons, je crois. La première, c'est que Léa croit à la magie. Elle a vu la cabane. Et elle t'a fait partager sa vision.

– Ah ! lâche Tom.

– La seconde raison, continue Morgane, c'est que toi, Tom, tu es fou des livres. Et c'est pourquoi la magie a fonctionné.

– Oh ! souffle Léa.

Morgane ajoute :

– Bien sûr, j'aurais pu empêcher la cabane de vous emporter. Elle n'aurait été pour vous qu'une cabane ordinaire avec des livres dedans. Mais j'étais si heureuse de découvrir des enfants qui me ressemblaient, qui aimaient, comme moi, le mystère et la connaissance ! Alors, vous imaginez ma panique quand je vous ai vus en danger au temps des dinosaures ! Je n'allais tout de même pas vous laisser dévorer par un tyrannosaure affamé !

– J'ai compris ! intervient Tom. Le ptéranodon, c'était vous !

– Vous étiez aussi le chevalier et le chat, et le perroquet Jacquot ! s'exclame Léa.

– Oui, oui, dit doucement la fée. Mais je dois m'en aller, maintenant. Le peuple de Camelot a besoin de moi.

– Vous partez ? murmure Tom.

– Il le faut !

La fée leur tend leurs cirés.

– Vous ne nous oublierez pas ? demande Léa en enfilant le sien.

– Jamais ! promet Morgane. Comment pourrais-je oublier des enfants qui ont vécu toutes ces aventures avec moi ?

La fée pose sa main sur le front de chacun d'eux. En souriant, elle murmure :

– Au revoir !

– Au revoir, disent Tom et Léa.

Ils passent par la trappe. Ils descendent l'échelle de corde pour la dernière fois. Arrivés en bas, ils lèvent les yeux vers la cime du chêne. Morgane leur fait signe par la fenêtre. Ses longs cheveux blancs voltigent dans le vent.

Puis le vent souffle plus fort. Les feuilles s'agitent. Un long sifflement retentit, si aigu que Tom se couvre les oreilles de ses mains. Il ferme les yeux.

Puis le silence revient.

Tom ouvre les yeux. La cabane a disparu.

Tom et Léa restent là un long moment, le nez en l'air. Ils écoutent.

Puis Léa pousse un gros soupir :

– Viens, Tom. Allons-nous-en.

Tom hoche la tête. Il est trop triste pour parler. Ils se mettent en route, et Tom fourre les mains dans ses poches. Au fond de l'une d'elles, il sent quelque chose.

– Le médaillon ! souffle-t-il, en le sortant. Comment est-ce que... ?

– C'est sûrement Morgane qui l'a glissé là !

– Mais comment ? Et pourquoi ?

– Magie ! Ça veut dire qu'elle reviendra !

Tom sourit. Il marche en tenant le médaillon bien serré dans sa main.

Il ne pleut plus. Les rayons du soleil se faufilent entre les branches mouillées. Et, soudain, les feuilles, les buissons, l'herbe et les fougères, tout étincelle comme de l'or, comme des joyaux, comme des diamants.

« Léa avait raison, pense Tom. On n'a pas besoin de trésor ! »

Non, ils n'en ont pas besoin ! Le trésor est ici, dans leur bois !

Fin de la première série.

Collectionne tes *indices*

Découvre qui est le mystérieux propriétaire
de la Cabane magique en complétant cette page
à chaque aventure de Tom et Léa.

La vallée des dinosaures

M É D A I L L O N
   ▲ *   ●

Le mystérieux chevalier

M A R Q U E ~ P A G E
■   +   ❖ +

*1. Dessine l'indice et
écris son nom sur les traits.*

Le secret de la pyramide

M
□

Le trésor des pirates

*2. Reporte
ensuite les lettres
qui ont des signes.*

L A F E
* ▲   × +

M R G A N E
□ ◆ ■ ❖ ▲ ● +

★ ★ ★ ★ ★ ★ ★ ★ ★ ★ ★

Tu peux suivre

de nouvelles aventures de Tom et Léa

au fil de trois autres volumes,

Sur le fleuve Amazone, n° 5
Le sorcier de la préhistoire, n° 6
Le voyage sur la Lune, n° 7.

★ ★ ★ ★ ★ ★ ★ ★ ★ ★ ★

Si tu as envie de nous donner
tes impressions sur la série
ou nous parler de **tes propres voyages,**
réels ou imaginaires,
n'hésite pas à nous écrire !

Bayard Éditions
Série Cabane Magique
3, rue Bayard
75008 Paris

N'oublie pas d'écrire
ton nom et ton adresse sur la lettre !